HORTON CUIDA UN NIDO

DR. SEUSS

Traducción de Yanitzia Canetti

RANDOM HOUSE • NEW YORK

Translation TM & copyright © by Dr. Seuss Enterprises, L.P. 2019

All rights reserved. Published in the United States by Random House Children's Books, a division of Penguin Random House LLC, New York. Originally published in English under the title *Horton Hatches the Egg* by Random House Children's Books, a division of Penguin Random House LLC, New York, in 1940. TM & © 1940, and copyright renewed 1968 by Dr. Seuss Enterprises, L.P.

Random House and the colophon are registered trademarks of Penguin Random House LLC.

Visit us on the Web!
Seussville.com
rhcbooks.com

Educators and librarians, for a variety of teaching tools, visit us at RHTeachersLibrarians.com

Library of Congress Cataloging-in-Publication Data is available upon request.
ISBN 978-1-9848-3143-9 (trade) — ISBN 978-0-593-12294-5 (lib. bdg.)

Printed in the United States of America
10 9 8 7 6 5 4 3 2 1
First Edition

Meisi, un ave holgazana,
incubaba un huevo y se quejaba:
—¡Estoy harta y aburrida!
Tengo una pata acalambrada
de estar día tras día aquí, en este nido, sentada.
¡Qué *trabajo*! ¡Me molesta!
¡Prefiero estar relajada!
Me iría de vacaciones, ¡un descanso es lo que pido!
¡Si pudiera hallar a *alguien* que se ocupara del nido!

—Si pudiera hallar a alguien, bien lejos me iría de aquí...

Entonces Horton, el Elefante, pasó por allí.

—¡Hola! —lo saludó el ave, con un afecto fingido—,
tú no estás haciendo nada, y yo un simple descanso pido.
¿Querrías TÚ sentarte aquí sobre el huevo de mi nido?

El elefante se rio.

—*¡Qué cosa tan insensata!*

Yo no tengo ni una pluma ni tampoco tengo alas.

¿Encima del huevo YO? ¡No tiene sentido, no!

Su huevo es chico, señora, ¡y mire cómo soy yo!

—¡Vaya, vaya! —dijo Meisi—. Sé que pequeño no eres,

mas sé que puedes hacerlo. No lo dudo, sé que puedes.

Eres amable y gentil, siéntate aquí con cuidado,

vamos, tú, sé un buen amigo, sé que será de tu agrado.

—No puedo —le dijo Horton.

Y ella rogó:

—¡POR FA-VORRRR!

No me iré por mucho tiempo, ¡doy mi palabra de honor!

Yo regresaré enseguida. No extrañarás mi presencia.

—Muy bien —dijo el elefante—, después de tanta insistencia...

Si tú quieres un descanso, ¡vuela, no dejes de hacerlo!
Me sentaré sobre el huevo tratando de no romperlo.
Me quedaré y seré leal. Lo que digo así lo siento.

—¡Nos vemos! —cantó alto el ave alejándose al momento.

—Mmm... lo primero que haré —dijo Horton bien bajito—,
a ver, a ver... lo que haré
es fijar este arbolito
para hacerlo así más fuerte. He de *hacerlo*, en mi opinión,
antes de subirme a él. Debo pesar un montón.

Y así, cuidadosamente,

tiernamente,

muy sigiloso trepó

por el tronco y hacia el nido donde el huevo al fin halló.

Y el elefante sonrió:
—Creo que sí lo he logrado...

Y él se sentó
              y se sentó
                    y se quedó allí
                            sentado...

Y sentado el día entero
así el huevo se calienta...,
y también la noche entera
bajo *terrible* tormenta.
¡Llovió y relampagueó!
¡Tronó, tronó y retumbó!
—Esto no es muy divertido
—el elefante gruñó—.
Ojalá que el ave vuelva.
Estoy helado y mojado.
Yo espero que a la tal Meisi no se le haya olvidado.

Pero Meisi, para entonces, se daba la buena vida,
disfrutando bien del sol en las playas de Florida.
Y al tener *tal* diversión, descanso y tanta alegría,

decidió que NUNCA más a su nido volvería.

Pues Horton se quedó allí, sentado día tras día.

Y pronto llegó el otoño… cuando las hojas caían.

Y luego llegó el invierno…, la nieve y el agua helada.

De las patas y la trompa,

estalactitas colgaban.

Pero Horton siguió allí sin parar de estornudar:

—Yo cuidaré de este huevo y no se va a congelar.

Va en serio lo que dije.

Lo que dije así lo siento.

Un elefante es leal,

¡y es leal ciento por ciento!

Horton se quedó sentado
todo el invierno en el huevo…
Y llegó la primavera
¡*con más problemas de nuevo!*
Sus amigos lo rodearon
y gritaron con risitas:

—¡Vaya, el elefante Horton
está sobre una ramita!
Se rieron, lo molestaron,
mientras gritaban:
—¡Qué grave!
¡El viejo elefante Horton
se ha pensado que es un ave!

Se rieron, mucho se rieron. Y se fueron del lugar.

Y Horton se quedó solo. Pero quería jugar.

Y sentado sobre el huevo, repetía sin parar:

—Va en serio lo que dije.

Lo que dije así lo siento.

Un elefante es leal,

¡y es leal ciento por ciento!

—No me importa LO QUE pase,
¡del huevo voy a cuidar!

Mas los problemas de Horton
acababan de empezar.
Mientras él estaba allí,
tan leal, tan bondadoso,
tres cazadores llegaban
por detrás, muy sigilosos.

¡Entonces oyó los pasos!
Y al girarse, ¡qué impresión!,
¡tres fusiles apuntaban
directo a su corazón!

¿Corrió acaso?

¡No lo hizo!

¡PERMANECIÓ EN AQUEL NIDO

alzando bien la cabeza,

con el pecho bien erguido!

Y miró a los cazadores

para poderles decir:

—¡Disparen si así lo quieren,

pero *no* me voy a ir!

Va en serio lo que dije.

Lo que dije así lo siento.

Un elefante es leal,

¡y es leal ciento por ciento!

¡Pero ellos *no* dispararon!
¡Sintió Horton desconcierto
al verlos bajar sus armas
con los ojos bien abiertos!
—¡Miren el árbol! —gritaron—.
¡Es del todo impresionante!
¡Sin duda hay un elefante!

—¡Es extraño! ¡Increíble! ¡Novedoso! ¡Interesante!
No disparen, agárrenlo. ¡ATRAPÉMOSLO cuanto *antes*!
Hay que mantenerlo vivo. ¡Es muy gracioso realmente!
Al circo lo entregaremos, ¡por dinero, claramente!

Y antes de llevarlo a cabo, hicieron un carretón
con las cuerdas por delante para dar bien el tirón.
Desenterraron el árbol, luego adentro lo pusieron.
Y Horton por poco llora al ver lo que ellos hicieron.
—¡Vámonos! —todos gritaron, y partieron al momento.
Adentro triste iba Horton, tristeza ciento por ciento.

¡Y salieron de la jungla hacia el cielo, qué aventura!
¡Y subieron las montañas a unos diez mil pies de altura!
Y bien alto en la montaña,
hasta llegar luego al mar,
elefante, huevo, nido
y árbol lograron bajar…

¡Y fuera del carretón,
en un barco viajaría,
navegando en altamar…!
¡Oh, menuda travesía!
Rodando y dando más tumbos, el elefante decía,
salpicado por el agua, día tras día tras día:
—Va en serio lo que dije.
Lo que dije así lo siento.
Un elefante es leal,
¡y es leal ciento por ciento!

Tras dos semanas enteras por el vaivén mareados,
llegaron a Nueva York finalmente y encantados.
—¡Todos a tierra! —gritaron,
y Horton, el Elefante,
atado a una tablita
y a un gancho tambaleante…

¡PUMP!
¡Aterrizó!
¡Y fue vendido al instante!

¡Fue vendido a un circo errante! Y luego, diariamente,
diez centavos por cabeza le cobraban a la gente.
Lo llevaron desde Boston hasta la misma Santa Ana,
a Chicago, a Washington y también hasta Fontana;
y luego a Dayton, Ohio, a St. Paul, en Minnesota;
y hasta Wichita, en Kansas, y hasta Drake en North Dakota.
Y en todas partes, señores, ¡cuánta gente allí acudía…!
Del elefante en el árbol, todos, todos se reían.
Y a cada minuto Horton, más y más se entristecía,
y en esa ruidosa carpa, sentado él repetía:
—Va en serio lo que dije. Lo que dije así lo siento.
Un elefante es leal, ¡y es leal ciento por ciento!

Entonces… pasó que UN DÍA
llegó el circo a una ciudad
de Florida, por el sur, con bastante actividad.
Y malgastando su tiempo a través del ancho cielo,
quién *(¡ni se lo imaginan!)* creen que remontaba su vuelo,
pues la buena-para-nada, ¡Meisi, sí, la desertora!
Seguía de vacaciones, holgazana a todas horas.
Y observando las banderas y aquella carpa en cuestión:
—¡Qué divertido! —gritó—. ¡No me pierdo esa función!

Se lanzó desde las nubes
y en la carpa se metió…
—*¡Qué gracioso!* —jadeó Meisi,
Yo TE *he visto antes, ¿no?*

¡Pobre Horton! Miró arriba ¡y no podía creerlo!
Trató de hablar, pero antes de que él pudiera hacerlo…

¡Los graznidos más ruidosos resonaron cual campanas
del huevo donde había estado unas cincuenta semanas!
¡Un golpetazo salvaje! ¡Algo vivo rasguñando!
—*¡Mi huevo!* —gritó alto Horton—. *¡MI HUEVO ESTÁ ECLOSIONANDO!*

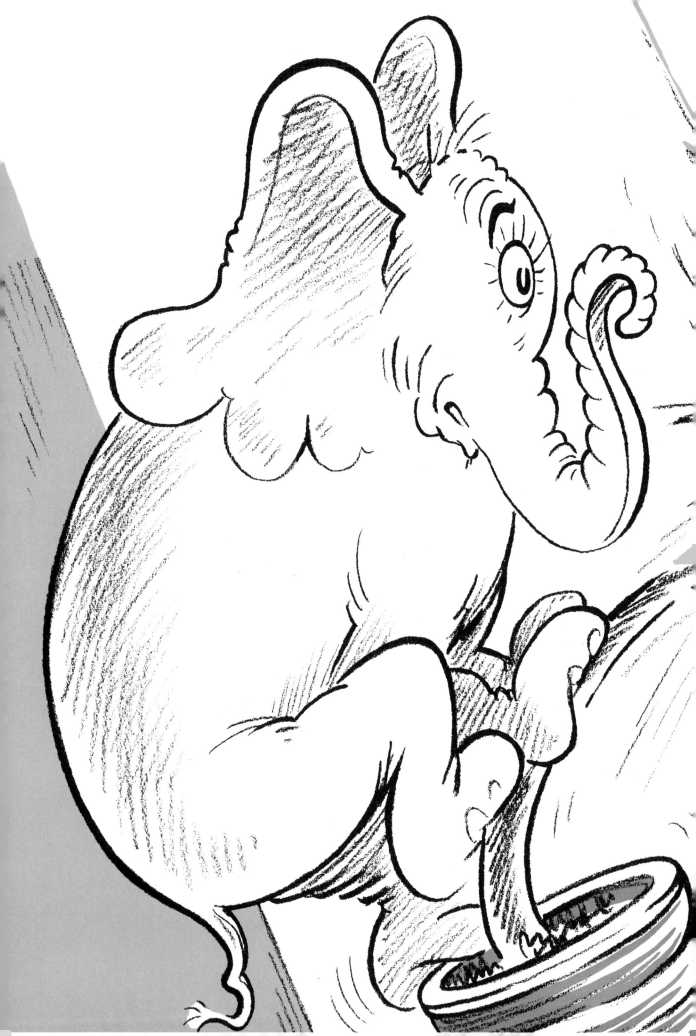

—¡*Pero es* MÍO! —gritó el ave cuando el huevo eclosionó.
(Al final de la jornada, entonces lo reclamó)—.
¡Es MI huevo! —rezongaba—. ¡Me lo robaste, atrevido!
¡Aléjate de mi árbol y sal fuera de mi nido!

Con el corazón partido,
Horton, triste, se apartó…

Pero justo en ese instante, ¡aquel huevo se rompió!
Y entre los pedazos rojos y blancos del cascarón,
del huevo que había incubado con tanta dedicación,
Horton notó un aleteo, ¡era algo alucinante!
¡TENÍA OREJAS
        Y COLA
                Y UNA TROMPA DE ELEFANTE!

—*Pero ¿qué sucede aquí?* —Llegó la gente gritando.

Y se quedaban perplejos apenas iban entrando.

Y aplaudían, y *aplaudían* y APLAUDÍAN más y más.

¡No habían visto algo así nunca en su vida! ¡Jamás!

—¡Increíble! ¡Impresionante! —gritaban mucho, bastante.

¡Eso es algo inconcebible!

¡ES UN PÁJARO-ELEFANTE!

¡Y debía, sí, debía, sí DEBÍA ser así!

¡Ya que Horton fue leal! ¡Siempre se mantuvo ahí!

Fue en serio lo que dijo

con sentido y sentimiento…

Y lo llevaron a casa
muy feliz,
¡ciento por ciento!